KB220754

꽃반딧불이

꽃반딧불이

2025년 5월 9일 초판 1쇄 인쇄 발행

지 은 이 | 현명조
펴 낸 이 | 박종래
펴 낸 곳 | 도서출판 명성서림

등록번호 | 301-2014-013
주   소 | 04625 서울시 중구 필동로 6 (2, 3층)
대표전화 | 02)2277-2800
팩   스 | 02)2277-8945
이 메 일 | msprint8944@naver.com

값 15,000원
ISBN 979-11-94200-92-5

꽃반딧불이

현명조 시집

도서
출판 명성서림

1. 바람 따라

2. 구름 따라

3. 물길 따라서

1. 바람 따라

꽃향기

먹고 싶게 만나는 꽃향기
아름다운 천사들의 미소
남자의 정액은 싱싱한 풋밤 내음새

여자의 그곳 냄새는
오징어 썩은 냄새라
꿀을 찾는 벌꿀같이 날아드는 부나비

마약 향기에 취하면 마약중독
알코올 향기에 취하면 알코올중독
여자의 그곳 향기에 취하면 관음증

향기도 향기 나름 기분 좋은 꽃향기
중독시켜 죽음을 부르는 맹독 향기

독과 꿀을 구분 못 해
죽음을 자초하는 바보
선악 정의와 거짓을 알아보는 혜안을 가져라

바람 바람아

바람아 불어라 바람아
대추야 떨어져 대추야
바람이 흔들고 간 대추나무 아래서
귀여운 아기가 대추 먹고파서 바람 맴을 돕니다

한참을 서성이며 기다려봐도
대추는 안 떨어지고 바람만
한 번 더 흔들어 줘 바람아
애원을 해보지만 바람은 '메롱'하고 달아납니다

발 동 동동 굴러가면서
대추나무만 바라보다가
고개도 아프고 진저리 나
참았던 울음보 터져 눈물 찔끔 얼굴은 발 그래

눈가 이슬이 맺히고
목이 메어 울먹울먹
엄마 대추 안 떨어져
병아리 걸음으로 달려가 엄마 품에 폭 안겨 웁니다

아가 등을 토닥토닥
꼭 끌어 품에 안고
대추 따러 가자 달래며
장대로 대추를 따서 아가 입에 쏙 아기는 방긋방긋

검은 눈물

모두가 깊이 잠든
어두운 밤에 홀로
하이얀 눈꽃 천사가 왕림하셨구나

더럽고 악취 나는
상처 입은 대지를
깨끗하게 덮어주고 입혀주는 눈꽃

찢기고 부러져
널브러진 대지
아무도 모르게 안아주고 감싸준다

이글이글 아침 해가
열기 내뿜기 전까지
세상 만물 추하고 더러움 덮다 간다

습설 폭설은 흉한 악마
팔랑팔랑 춤추는 선 꽃
낭만과 상상의 대상인 눈꽃 천사님

인간들의 탐심으로
염화칼슘 세례 받고
검은 눈물 흘려가며 흔적 없이 사라진다

짝

짝을 찾는 생물들도
짝을 찾는 사람들도
원초적 본능인 성적 욕구 해결이 목표다

살신성인하는 우렁이 사랑
사랑 후 사마귀는 먹잇감
성적 욕구가 해결되면 이기심이 발동한다

사랑한다는 말을 더 자주 하고
'고맙다'는 말 아끼지 말고 해라
'감사하다'는 말이 일상용어 되면 복이 온다

매일매일 이해하고 용서하면
하루하루의 잘못을 용서받고
감사하며 하루를 마감하면 편안하고 행복해

사랑도 짝이어야 하고
삶도 짝이어야 하는 것
짝 없인 즐거움 건강 기쁨도 행복도 없다

지우개 달린 연필

연필 깎기는 초등학교 학동의 고통
값이 싼 연필은 나무가 나빠서
깎기도 힘이 들지 만 연필심이 잘 부러지는 게 흠이다

연필 깎기는 본래의 목적 이외에
차분하게 마음을 벼리는 수련법
몽당연필에 침 묻혀 마분지에 꾹꾹 눌러쓰던 추억들

사랑도 지우개로 지울 수 있을 만큼
허무한 것이지만 끈질기고 강한 것
시공을 초월하여 오래 남는 흑연을 꼭 빼다가 닮았다

올 한 해도 오래 남을 사랑 얘기로
텅 빈 가슴마다 가득하길 소망한다
심지心地로 세상을 사랑을 엮어 행복하고 즐거워지고 싶다

2025년 올 을사년 새해에는
연필을 깎으며 쓰는 새 삶을
한 자 한자마다 건강과 기쁨과 웃음만을 쓰는 연필이 되길...

사시사철 붉은 꽃

이른 봄 눈밭엔 매화꽃
여름 땀에 쩔은 소금꽃
하얀 눈꽃 닮은 메밀꽃
온 세상 하얗게 도배하는 순백의 겨울 눈꽃 곱고

감정을 숨긴 겉치레
사람의 눈을 속이고
묘하게 눈을 흐리는
교묘한 술책과 범법자의 눈속임은 죽음의 지름길

마음이 가지 않는 곳엔
절대로 몸은 가지 않아
검은 돈과 세 치 혀로
가린 진실과 정의 양심 없는 관계는 허망할 뿐이다

외로움도 병

사회적 고립을 겪는 사람에겐
염증 유발 악성 단백질은 늘고
외로움을 겪는 사람에겐 고독사의 원인을 제공한다

인간은 언제나 혼자이고
혼자 잇거나 외로울 땐
평온하고 조용함을 느껴가며 사랑을 더 갈구하게 된다

지혜로운 만큼 행복하고
어리석은 만큼 불행한 법
행운은 용기 있는 사람을 열정적으로 사랑하는 법이다

영혼에 흠이 없이 살면
따라서 육체도 건강하고
어리석음과 방탕함은 생명을 단축시키는 나쁜 병균이다

보고 듣고도 침묵해라
다툼이 없는 하루하루는
외로움 그리움 없이 편안하고 건강한 행복을 선물해 준다

고독사란 그 질병은
마음 약한 자들 몫
외로움 그리움 정신적으로 이겨내지 못하고 포기하는 것

하이얀 눈꽃

싱싱한 가로수 무성해도
우리들 가슴엔 낙엽 지고
노랗게 물든 은행잎 아름다워지면 한 해 다 간다

온 세상을 알록달록
아름답게 수놓는 단풍
떨어져 널브러진 추한 꼴 깨끗하게 덮어주는 눈꽃

줘서 불편해도
못줘 안타깝네
받아 짐 되고 불편한 짐이 되는 게 정, 사랑 아니길

줘서 마냥 기쁘고
받아서 행복한 것
그것이 즐겁고 행복한 사랑하는 이들의 마음 선물

십상시 범죄자가 설치는 나라
수준 낮은 국민들의 표리부동
정신 차리고 눈 크게 떠라 순국 영령이 지켜보신다

다시 못 올 그 하늘로

이 겨울이 다 가기도 전에
한마디 없이 임은 갔습니다
다시는 못 올 저 하늘로 날 두고 떠났습니다

한 이불 덮고 수십 년
지지고 볶고 울고 웃던
때론 부인 동무 어머니였던 내 임은 갔습니다

싸우고 화해해가며
궂은일 다 함께하던
한날한시 같이 가자던 '약속' 깨고 홀로 두고서...

팔잔가 운명인가 만나
희비애락 동고동락에
둘이서 먹고 자던 그 자린 텅 비어 허전합니다

긴 세월 살 비비며 살았어도
'사랑한단' 말도 못 해 주고
다시 못 올 그 하늘로 보낸 것이 가슴 아픕니다

심지心地

인간들의 마음 본바탕엔
선과 악 천사와 악마가
민낯을 숨긴 채로 조용하게 동거하고 살아가는 세상

평소엔 숨죽이고서
조용하게 살다가는
선이 이기면 천사로 악이 이기면 악마로 돌변한다

악마가 천사 입음하고
전횡을 휘두르는 나라
범법자 사기꾼 배신자 매국노가 종북좌파가 득세 성공

당이 당략 개인 이해득실 따져
국가나 국민은 안중에도 없고
후안무치 한 이리떼들이 다수의 힘으로 폭거 중이다

법은 멀고 정의는 실종되고
다스의 힘으로 미친개들이
국가와 민족을 망치니 순국선열들이시여 굽어살피소서

정의와 진실이 우선하고
양심과 상식이 통하는
예의지국 금수강산이 썩어 악취가 진동 쓰레기장 됐고

악인의 말로는 비참한 것
역사가 증명하는 사실인데
미쳐 광분하는 종북좌파들이여 하늘의 심판이 멀잖구나

못된 시어미 심보

태어남은 죽음의 전제
만남은 헤어지기 위함
사랑은 무관심을 전제로 한 슬픈 여정

이성의 만남은
본능 때문이고
원초적 본능인 성적 해결과 의지가 필수

변덕 많은 날씨는
못된 시어미 심보
비 오다가 눈 내리고 진눈깨비로 마감

남 잘 되는 꼴 못 보고
입이 근질근질 이간질
달달 볶고 지지고 억지 쓰는 재미로 산다

남의 곡식은 탐을 내고
자식 자랑에 침이 말라
남 잘못되는 걸 봐야 심사가 편한 시어미

미인박명 박복

그대의 미모 앞에서는
꽃들도 부끄러워하고
고개 숙이고 읍소하는 그대는 천하제일의 미인이라

하늘에선 새들의 노래
풀벌레는 땅에서 합창
그대의 미모가 어두운 세상을 환하게 밝혀주네

양귀비가 클레오파트라가
부끄럽다고 줄행랑 치고
바람도 구름도 강물도 서둘러 지나며 흘끔거린다

오래오래 해로하는 미인 없고
행복하게 사는 행복 없더라
하늘은 공평해 특정인에게만 재능 복 내리지 않는다

한번 결혼 세 번 이혼

마음도 없고 사랑 없는 결혼
본능으로 실수로 발목 잡혀
도살장 가는 소 심정으로 울며 겨자 먹기 죽음 같은 삶

춤바람이나 가출한 여편네
자식과 내게 상처뿐인 시간
어린 자식 남매 가슴에 상처를 남기고 남편 가슴 대못질

현실을 이기려고 소개로 만난 인연
술에다 줄담배 너무 심한 결벽증이
도저히 살수 없어 합의 이혼이란 형식으로 두 번째 이혼

서로가 상처받은 사람끼리 만나
잘 살아 보자 했었건만 그건 꿈
성격 차이 난잡한 생활 잦은 외도로 재판 이혼 사랑의 끝

우연이 든 숙명이던
팔자이건 운명이던
생긴 대로 주어진 만큼 그대로 살 걸 자살시도 개 팔자다

세 번의 생목숨 도 안 끊어져서
마누라란 년의 고발로 구치소 구경
무혐의 무고로 부활했어도 창피해 어둠 속 은둔 삶을 산다

감사하는 하루하루

처음엔 적막하고 적적해서
무섭고 두렵고 외로웠었네
잠 못 이루고 긴 밤 지새길 밥 먹듯 한 나날들

큰 욕심내지 말고
부어진 그만큼만
감사하고 만족하는 하루하루 즐겁고 행복한 날

같이 하는 동행은 없어도
하늘의 뜻이려니 순응해
내 팔자 내 운명이라 체념하고 편케 살다가 가자

할까 말까 헷갈릴 때는
이것저것 따지지 말고
그냥 해버려 가고 나면 다시 오지 못할 인생살이

산다는 게 별거더냐
사랑이 별거라더냐
태어났으니 살아야 하고 누구나 다 갈 죽음길인걸...

과유불급過猶不及

분수에 과한 호사好事
화火를 부르는 신호탄
분수에 맞는 삶은 복을 가져다주는 화수분 된다

진실은 밝혀야 맛이지만
때로는 진실이 거짓보다
더 추할 때가 있음을 잊지 말고 꼭 기억하라

붉은 꽃 열흘을 못 가고
십 년 못 가는 게 권세
한번 가면 그뿐인 인생 만물의 영장이 다 뭣이냐

때 되면 다시 살아오는
초목보다도 영 못하구나
허세와 포장된 채로 사악함 감춘 악마가 천사 입음

욕심은 화를 부르고
화는 범법을 부르니
넘치는 못된 탐심은 한 푼 없는 백수만도 못하다

렌털 애인의 낭만

늙은 꼰대 설 곳 없어 섧더라
'견'씨에게 밀려난 부모 자리
차라리 옛날 고려장이 훨 좋았을 것 같은 슬픈 현실

확장되는 외로움 사업
말동무 동반 여행 애인
스킨십 금지된 애인 그래도 돈 내고 빌리는 현실

렌털 된 애인들은 다
모두가 무대 위 연기
감정노동 외모로 가격 매겨지고 외로움 달래려고 란 다

팔고 사는 애인 빌리기
어디로 가는지도 모를
이 한심한 현실을 조상들이 본다면 무덤에서 벌떡 벼락

세상을 원망하랴
막가는 세상의 끝
세상에 태어난 게 범죄니 누굴 탓하고 누굴 원망하리오

구속받고 눈치 보기 싫고
결혼도 부모 되기도 싫어
자유롭게 쾌락을 만끽하는 나만의 삶 충도 효도 사랑도 '노'

덧없는 인생

어렸을 땐 욕심이
빨리 어른이 되어
어른들처럼 마음대로 하고 싶은 것 하는 게 소망이었고

늙어서는 욕심이
젊은 날로 가고픈
이룰 수 없는 부질없는 소망으로 한숨에 코 눈물이라

시작은 0세부터로
끝은 아무도 몰라
올 때는 앞뒤가 분명하나 갈 때 순서 하늘 만 알일

누가 더 멋질까
누가 더 맛날까
누구나 다 살아봐야만 그 끝에 가서 자연히 알리라

아무것도 알려 말고
비우고 버리고 잊어
우둔하고 맹한 머리로 세상 물이나 흐리지 말아야지

알면 아는 그 대로
모르면 모른 대로
경거망동 오지랖 자제하고 바위처럼 무겁게 절제하시라

낙엽의 한 생

태어나서 죽는 순간까지
젖 먹던 힘까지 다하여서
죽도록 일만 하다가 한 생 마감 본향으로 귀향한다

진자리 마른자리를
마다 가리지 않고
생 마치면 미련 없이 떠나는 '낙엽'이란 작은 천사들

욕심과 사심 없이
봉사와 책임 다해
일편단심 한마음으로 책임과 소임 하며 조용히 살다

무수한 발길들에
무참히 밟히고 부서져
흙 이불 얻어 덥고 '거름'이 되어 마지막 소임 마친다

들꽃의 상처

이름 없는 작은 들풀
소중하고 귀한 생명
어찌 생명을 함부로 하찮게 여길 수가 있다더냐

마르고 시들어서
비뚤어진 산들국
나이 들어 외롭게 홀로 늙어가는 노인네 같소

세상의 냉소와 멸시
사랑으로 받은 상처
사랑으로 인정으로 아프고 쓰린 상처 치유하시길...

노년의 삶

나이 듦 노년기 삶은
행동보다는 존재에다
미래보다는 현재를 즐겨야 하는 초조함 크다

지금은 놓아주는 시간
소유에서 존재로 간다
잊고 살았던 자기와 자기 삶을 사랑해야 할 때

미래는 세월에다
시간에다 맡기고
얻으려고 애쓰지 말고 베푸는 자비 현재 할 일

노년의 오늘 삶은
모으고 이룸보다
비우고 잊고 버려야 편안하고 건강하며 즐겁다

부와 명예 권력은
지나가는 바람처럼
다 부질없는 한때의 욕망일 뿐 덧없고 허망하다

별의 환생 반딧불이

남을 매섭게 욕설하고
매도하는 게 아니라
내가 나에게 쏟아내는 독백 같은 가녀린 하소연이다

두 여자를 가진
무모한 인간들
냉철한 이성을 잃고 감정의 노예로 흐느적거린다

내가
이 세상을 바꿀 힘은 없고
세상이 자연히 바뀔 기미도 전혀 보이지 않는 생지옥

희망이란 것은 전혀 없고
절망과 좌절과 어둠만이
내가 더러운 세상을 포기하고도 죽지 못해 사는 세상

오늘 밤도 어둠 속에서
흐느적거리는 영혼은
캄캄한 밤에 반짝이는 별이 되어 반딧불이로 환생한다

귀한 것을 알려면

내게 술이란
아프도록까지
만취해야 제맛이 나고 사는 맛도 술술 나지

부질없는 삶은
느낌 전혀 없는
근근이 이어가고 있는 건강이 나의 전 재산

순간의 사랑은
이별을 해봐야
씁쓸하고 소태같은 맛을 오래 기억할 거고

부랄 동무는
고립돼봐야
동무가 그렇게도 소중한 것임을 쪼끔 알지

나이 들고
늙어봐야
젊음이 소중함을 잊으려 해도 거머리 같다

나이 듦과
추한 늙음
죽음은 운명이란 것을 쬐끔 알다 가는 게 인생

행복이 넘치는 삶

쾌적한 생활환경에다
아주 높은 교육수준
양호한 건강상태 가진
고령층이 더 건강하고 경험이 유용할 수도 있는 사회

눈알이 팽팽 도는
초고령 사회에서도
살아남는 길은 하나
나이에 대한 생각을 바꾸고 문화적 전환이 유일한 답

개인들이 가진 능력과
잠재력을 제대로 못써
흘려보내는 지금 현실
직면한 현실을 직시하고 서로가 힘을 모아 개선이 약

젊을 때도 일할 수 있고
건강이 허락하면 늙어도
적성에 알맞은 곳에서
일할 수 있는 환경 경력을 인정하고 제공해야 한다

나이들은 노인들도
일할 수 있을 때까진
소일 삼아 일할 수 있는
일자리 제공이 부족한 인력 보충 노인들 건강한 삶이 된다

진짜 보약補藥

비싼 한약 제보다도
비싼 건강식품 보다
최고의 보약은 '마음 편한 것'임을 알라

냉이 캐다가 끓인
된장국 내음 따라
건강을 지켜주는 보약이요 봄은 정녕 멀지 않은 겨울

달래 간장 향 따라서
건강한 내 봄은 벌써
내 가까이 와 있다고 맑고 밝은 미소 발사하고 있네

입맛 없는 어르신들이
입맛 잡아 진지 꿀맛
쇠약해지는 기운 차리시고 밝은 웃음을 되찾는다

보약이 따로 있고
불로초가 있다던
냉이국에 달래 간장 밥이 보약이지 산삼 물렀거라

냉이 향 따라 봄 오는 소리
달래 향 따라 밥맛 오는데
보약이 따로 있나 함께하는 사랑 인정이 보약이지

남의 마음도 모르면서

남의 마음도 모르면서
남겨준 한 마디가
오늘도 생각나 영영 떠나간 당신을 생각합니다

그 말이 너무 가슴 아파
남모르게 가슴에 묻고서
망구望九 나이 지나면서도 버리질 못해 맘 아프다

널 보내고 홀로 외롭게
긴긴 세월 영혼 없이
인생 낭비한 숱한 세월이 이제 와 보니 허망하다

먼 훗날 그 말 잊고서
날 잊어버린다면
고독을 씹는 그 세월은 누가 날 위해 보상해 줄까

나 없으면 당신 마음
사는 맛없다고 했지
서로 다른 삶 예까지 왔으니 이제 하늘에서 만나... .

탁배기 한 사발

닳고 닳아서 낡고 색 바랜
천 원짜리 율곡선생 석장 유리문 밀고 들어가 막걸리 한 병 들었다

오징어 땅콩 몇 알을
씹는 맛 고소한 안주
텁텁한 막걸리 한 사발을 꿀꺽꿀꺽 넘긴다

목줄기를 타고
내리는 알싸함
시장기도 잊고 하루를 또 시작해 본다

같이 마셔 줄 이 없어
홀로 마시는 진한 고독
외로움인지 그리움인진 몰라도 그냥 그래

뜨고 싶잖은 눈 억지로 뜨고
한 많은 사연 감추고 지는
삶 사랑 인생 허전한 마음 탁배기로 달래본다

닿을 듯이

닿을 듯이 닿을 듯이
닿지 못하는 이 마음
사랑은 고해 눈물이다
이루지 못하고 닿지 못한 천추의 한恨 내 사랑

속세의 향기에 취해
춤바람에 외도란다
술 담배 결벽증에다
정신 미약 미친 짓
꼴에 외도 가정파탄
채 피어보지도 못한 꽃봉오리 사그라져 갔다

모 논엔 뜸부기 없고
붕어빵엔 붕어 없다
제비 황새 간 곳 모르고
닿을 듯이 닿을 듯이 못한 인연 저승서 맺자

흐린 유리창에서
어른거리는 얼굴
뿌연 안개 속으로
말없이 사라져 간 못 닿은 인연이 원망스럽다

함께 하는 맘

하얗게 눈 쌓인 겨울 산과
윤슬 반짝 흘러가는 냇물
다 같이 어울리니 천상천하의 절경이로세

겨울 풍광을 즐기며
겨울 철새 보는 멋
말없이도 침묵으로 대화하는 이심전심
망외望外의 즐거움을 누리는 철새랑 하나 되는 맘

활짝 펼친 두루미 날개 위에
머물러 있는 환한 햇살 미소
같은 곳을 바라보고 같이하는 마음 그게 행복입니다

유택 길은 언제나 아파

해마다 돌아오는 엄마 생신날
부모님 유택 가는 길은 아파
산골짜기 이슬 머금은 풀잎도 반갑다고 미소로 인사하네

논에는 예쁘게 자라는 아기 모
밭에는 키다리 옥수수 아저씨
백 자색 감자꽃 주렁주렁 고추 달고 힘자랑 한참인 고추

술 한 잔에 포 하나 젯 상
너무 죄송해 머리 못 들고
소례를 대례로 받아 주소서 막내 애교 발산 비참하다만

힘겹게 산비탈 나이 탓에
허리 못 펴고 오르고 올라
엄마 아버님 유택 숨 턱에 차 뵈오니 만감이 교차합니다

생전에 못한 효 업보는
용서를 빌고 또 빌면서
정만 두고 돌아서는 맘 허전해 돌아다보고 또 돌아봐도

뿌연 시야에 엄마 아빠
잘 가라 손짓하시는 듯
타박타박 돌아서 서글퍼 우는 회한의 눈물 이 맘을 뉘라 알랴

호주머니 속의 분신

너는 내 사진첩
너는 내 메모장
너는 내 사랑하는 사람들 전화번호부다

넌 나보다 길도 잘 찾는 네비고
넌 나보다 잘 외우는 전화번호
내 스케줄을 나보다 더 잘 아는 아바타

너 있어 현실에 무감각하고
너 있어 주의력이 떨어지고
너는 내 호주머니에 있는 또 다른 내 뇌다

네 덕에 난 '팝콘 브레인'이 되고
네 덕에 '디지털 치매 불면증' 야
네 덕에 망가진 내 뇌에서 일어나는 현상들

인간은 도구를 낳고
도구는 인간을 낳지
휴대전화의 사용은 사람을 퇴화시키기도 한다

싱싱한 생선 팔아서 통조림 사 먹는 어촌
과일 팔아서 방부제 든 캔 쥬스 사 먹는 농촌
화상인식 문자인식 음성인식 하는 인공지능에다

사람을 대신하는 로버트
사람 일자릴 잠식해 오고
사람의 삶에 괴물 알파고도 시시각각 조여온다

빠른 과학 문명의 발전은
생활을 편리하게도 하지만
감성을 파괴하기도 해 아날로고 향수가 그립다

해를 삼킨 달

부분일식과 일식 때
부분 월식과 월식 때
불타는 거대한 태양을 삼키는 달은 엄청 힘센가 보다

얌전하게 떡방아 찧는
옥토끼가 산다던 달이
펄펄 끓는 큰 태양을 삼키고도 탈이 안 나는 괴마다

구름은 잠시 하늘 덮을 순 있어도
해를 삼키는 달처럼 셀 수는 없다
겉만 보곤 알 수 없는 것이 사람 속뿐만은 아닌가 보다

하늘을 잠시 덮을 수 있는 구름
바람이 부는 대로 떠다니는 것
'모였다 흩어졌다' 바람이 시키는 대로 흘러 다니는 구름

열 길 물속은 알아도
한 길 사람 속 모르듯
겉과 크기만 보고 판단하는 것은 편견이고 엉터리 무 지식

2025년의 소망

별 바람도 소망도 없다
늘 그대로 보통의 삶만
건강하고 평범한 하루하루가 되길 바란다

뱀처럼 응큼하고
능글맞은 인간들
000같은 종북좌파들이 사라지는 해 되길...

비웠다고 버렸다고
자신을 속이는 것
뒤집어서 자세히 보니 숨어 있을 뿐 그대로다

더 이상은 남에게 폐나
신세 지거나 짐 안되고
자력으로 건강 지켜가며 살다가 떠날 행운을...

마지막 남은 소망은
주어진 명만큼 살다
아름다운 이별을 할 수 있게 되길 소망한다

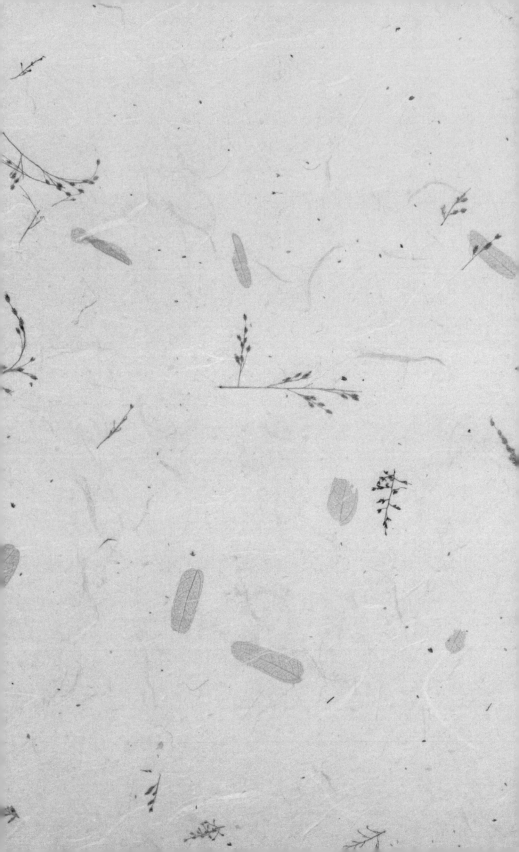

2. 구름 따라

구름은 조각

바람이 밀어주면
흩어졌다 모이고
멋진 집 지었다가 부수다가 짧은 하루

저녁놀에 붉게 물들고
먹빛 뭉게구름 험악해
모양도 색깔도 수시로 변하는 천의 얼굴

구름은 이름도 많다
층상 적운 구름 권운상
형태로 높이로 각 10종의 기본형 이름표

봄에는 꽃비 내려주고
여름엔 때맞춰 농사비
가을엔 하늘 높게 겨울엔 눈 내려주고

때악 볕엔 해 가려
그늘을 만들어주고
겨울에는 벌거벗은 나목에 눈옷 입혀준다

솔로Solo의 아픔

한 번 갔다 온
솔로의 눈물
'고립'이란 창살 없는 감옥살이의 고독을 절대로 모른다

가족과 함께 살거나
대화 상대 있는 사람
'고립'된 솔로의 목마른 대화의 고픔 채워줄 사람은 없다

어쩌다 대화 기회가 오면
수다스러워지는 건 진실
당해 보지 않으면 절대로 목마른 갈증 모르지 그 누구도

대화의 목마름 갈증을
천수답 모처럼 담비를
갈구하는 그 절실하고 절박한 심정을 뉘라서 알아주랴

세상과 사람들은
이 절박한 심정을
이해하고 감싸주기보단 비웃고 멸시하는 풍토 인간뿐이다

불로초

먹음직 맛 나는 과일도
썩으면 악취 진동하고
아름다운 꽃도 시들면 그만이다

위험을 감지하면
맹독을 내뿜으며
목숨을 걸고 마구마구 쏘아댄다

꽃도 시들면 쓰레기요
사람도 늙으면 추해져
세상에 불변하고 영원한 건 없다

익을수록 머리 숙이는
벼 이삭 겸손함 같이
겸손과 감사 용서 칭찬은 불로초

기분 좋을 때면
웃음 절로 나고
불편하고 맘 상하면 냉소 꽃만 핀다

고개(재)

화약 냄새 미아리 눈물고개
허리띠 졸라매던 보릿고개
구름도 쉬어가는 추풍령 고개

익을수록 머리 숙이는
벼 이삭 굽은 고개
텅 빈 머리 빳빳한 바보 고개

신사임당 대관령 고개
젊음은 안녕 환갑 고개
칠 팔십 세 넘어가는 황혼 고개

살아선 마지막 죽음 고개
죽음 부른 신립 문경새재
분단의 아픔 삼팔선 철책선 고개

달콤한 꿀맛 사랑 고개
요단강 건넌 이별 고개
죽어서 가는 염라대왕 심판 고개

허리 굽은 할미꽃
한 많은 산마루 고개
겸손하게 고개 숙인 해바라기 고개

흑장미(Black Roze)

빨강 장미 검은 장미
빨간 입술 자색 입술
독버섯이 더 곱고 예쁜 장미 양귀비보다 더 아름다워

초가집 돌담 위엔
무성한 호박 덩굴
잎 뒤에 살짝 얼굴 내민 기름 좔좔 귀요미 애호박

어느 집 어머니 손칼국수
맛 보태는 애호박 손맛에
그게 진짜 정성이고 사랑이라 건강 지켜주는 수호천사

벽돌담 뒤덮은 장미 덩굴
빨간 장미 백장미 흑장미
날카로운 가시 숨긴 채 유혹의 미소 날리더니 져 가네

검은 모자 검은 입술
검은 옷 검은 운동화
그리도 흑장미가 되고 싶었더냐 다 부질없는 헛것인 것을

닮으려거든 겉 아닌 속을
천사의 착한 마음을 닮지
꽃은 피면 지고 인생 늙어 한 번 가면 그뿐이니 미련 버려

다섯 계절의 여자

살랑살랑 봄바람
아지랑이 피어나
부푼 가슴 푸른 하늘만큼 설레는 봄 처녀들 마음

햇볕 쨍쨍 여름날
금빛 백사장 은슬
깊고 깊은 심심 계곡 흐느적거리는 반 나의 육신

곱게 물든 오색단풍
알알이 익은 열매들
화전놀이 추수 감사 단풍 구경 가을 속으로 간 여자

하이얀 눈꽃 피는 날
따뜻한 아랫목 사랑
눈옷 입은 사랑스러운 백설 공주 목마른 겨울 여자

봄엔 눈이 부셔 눈 못 뜨고
여름엔 털코트 가을엔 꽃 옷
칼바람 수정 고드름 따뜻한 아랫목 사랑 다섯 계절 여자

우리 같이 함께 달리자

우리 손잡고 함께 달리자
우리 발맞춰 같이 달리자
우리 같이 함께 호흡 맞춰 달려나가자

게으름 떨쳐내고 빨리 달리자
부단히 개혁하고 전진합시다
불편함 끊임없이 개혁해가며
개인 득실 아닌 모두를 위해
우리 같이 함께 달려갑시다

우리 같이 함께 손잡고
우리 같이 함께 발맞춰
저 푸른 낙원을 향하여 달려갑시다

오직 국가와 국민만을 위하여
삼권분립 존중해가며 당당히
세계에 길이 빛날 조국을 위하여 가자
단 하나 국가와 국민의 번영을 위하여
사리사욕 버리고 당리당략 버리고 가세

아카시아 향기

봄 간다고 서러워 마라
짧아 더 아쉽고 그립다
내년에 다시 오마한 언약이나 잊지 마소서 야

자신만 뽐내다 간 봄꽃들
이파리도 떼 놓고 왔다지
'귀요미'는 순간이고 잎에 밀려 쓸쓸히 가네

예쁜 꽃 다 사라진 빈자리엔
진한 향기 예쁨에 벌들 들고
연노랑 예쁨 꽃잎 따서 먹던 악동들의 아카시아 꽃

오지랖

내 육신 나이 구순
마음은 이팔청춘
감성은 살아서 펄펄 멋대로 나대는 오지랖 겁난다

사람들의 따가운 시선
노인네가 '망령'이라고
때가 되면 알 겨 농익은 열매의 깊고 신묘한 맛을

말로만 듣는 것보다
눈으로 봐야 확실히
겪어보지도 않은 것이 장님 코끼리 다리 만지기 지

이 일 저 일 빠지지 않고
약방에 감초처럼 끼어
남들의 따가운 시선 뒷말 아량 곳 없는 넓은 오지랖

영원한 동행

너와 나 우리 함께
우리 너와 나 같이
두 손 마주 잡고 영원토록 함께 가자

부족한 건 채워주고
비웠을 땐 채워준다
우리 함께 같이 자드락길 넘어가 보자

땡볕에선 그늘이 되어주고
눈비 내릴 땐 우산이 되어
삶이 고단할 때는 버팀목이 되어주마

앞에서 끌어주고
뒤에서 밀어가며
단 한 번뿐인 우리 인생길 함께 가보자

배고플 땐 진수성찬이 돼주고
추울 때면 따뜻한 옷이 되어
엄마 누나 수호천사가 되어 지켜주리라

맛있는 음식 젤 먼저 먹이고 싶고
좋은 옷 젤 먼저 입혀주고 싶어서
멀리할 수도 가까이할 수도 없는 웬수

닳을까 봐 바라보기도 아깝고
젊음 앗아가는 세월이 미워서
사랑의 원앙을 곱게 영원을 수놓자

우리 생이 다 하는 그날까지
한 곳만 바라다보면서 가자
몸은 둘이지만 마음은 하나인 동체

우리 둘을 엮어준
하느님의 동아줄
삼신 할매 덕에 신이 시샘하게 살자

한마디 말은 없어도
눈빛으로 이심전심
꽁꽁 묶여 함께 가자 떠날 수 없게

저 높은 곳을 향하여
우리 함께 손잡고 가자
순간에서 영원으로 낙원을 찾아가자

가장 아름다운 옷

천상천하 하나뿐인
가장 아름다운 옷
그것은 '배냇저고리와 수의'일 게다

누구나 다 가림 없이
이 세상에 태어나서
첨 입는 배냇저고리
천성 길 마지막 외출복
따뜻하고 포근한 최고의 옷이란다

이승의 삶 다하고서
영생 길 떠나갈 때
다 입고 떠나가는 마지막 옷 '수의'

되새김

눈길을 따라서만
마음은 따라가고
마음 따라서 몸도 따라서 간다

관심이 있다는 것은
호감 좋아한다는 것
좋아한다는 것은 감성적 사랑

개 닭 보듯 함은
절대 무관심이고
무관심은 관심이 없다는 증표

되새김질하는 소는
세상일 무관심하듯
일이나 환경에 관심 없다는 뜻

눈은 뜨고 있어도 안 보이고
귀는 열려 있어도 안 들려
무의식적으로 되새김은 소의 일상

덧없이 세월은 가고
할 일 없어 어영부영
인생 낭비자 '내 그럴 줄 알았다'

풋사랑

태어나서 '예'까지
세상이 좋다 않고
이런 나라가 싫다고도 하지 않았다

세상살이 팍팍하고
빈부격차 극심해도
태어난 것이 범죄라니 그냥 살아

금수저 흙수저 동거하면서
인생살이 고해 속 방황 중
석양에 지는 낙조 눈물짓는 저녁놀

만남은 우연일지 몰라도
안 만났음 더 좋았을걸
팔잔가 운명인가 원망스러웠다 많이

어차피 채워진 족쇄는
풀 수 없어 포기한 생
피지 못한 채 시든 슬픈 꽃봉오리다

이룰 수 없는 인연
사랑한 게 범죄라
한평생 가슴에 묻고 아프게 살아갑니다

길상사의 범종소리

백석과 자야의
슬픈 안타까움
깊은 밤 길상사의 풍경 소리 맞춰서 범종이 운다

아름다운 여운으로
영겁을 이어 오갈
너무나도 애절하고 순수한 사랑이 애간장 다 녹인다

붉은 북쪽엔 백석이
남쪽에선 자야 홀로
서로를 그리며 생을 살다간 한국의'로미오와 줄리엣'

기생 자야와 시인 백석
삼팔선에 가로막힌 삶
평생을 결혼 없이 그리워하다가 '절'한 자야 순정아

살아서 못 이룬 애달픈 사랑은
죽어서라도 길상사 범종 되어
그 소리 들어가며 천국에서 아름다운 소망 이루시길

천억 상당의 '대원각'을
법정 스님께 몽땅 시주
백석의 시비 세워달라 청하고 길상사에 뿌려져 영면

오늘도 울리는
범종 소리 들으며
아낌없이 아름다운 사랑 나누면서 천년만년 행복하길...

* 자야 : 기생 김 영한의 또 다른 이름

가을이 가는 소리

새 옷으로 갈아입고 멋 내가며
만난 제철 음식 맘껏 먹어가며
그리운 사람들과 만나 어울려 회포를 푸는 계절 가을

우리 가을도 기후변화로
기껏해야 2-3주가 고작
가을 옷은 부자나 입는 사치인 두 계절의 나라 되었네

기나긴 폭염의 끝자락
가을이 오기는 왔는데
순식간에 사라지는 아쉽게 미련만 남는 가을이 미웁다

독하고 길어진 폭염 여름
바닷물 수온 밉게 올라서
가을 대표 선수 물고기 고소한 맛 전어가 집을 나갔다

가을의 고급 별미 송이버섯도
구경조차 힘든 금값 되셨고
능이버섯 가을배추 무 하늘 높은 줄 모르는 귀하신 몸

가을 더위 머뭇머뭇 주춤주춤
낙엽은 너무 빨리 떨어지고
오색단풍 간 곳 없고 이즈러져 색깔로 가을이 퇴색한다

국화와 가을꽃들 만개 힘들고
삐쭉 얼굴만 내비치고 간 가을
번개같이 사라지니 가을 축제 허탕 치고 넋이 나갔네

고개를 숙이는 여유

동화 같은 사랑
선물 같은 인생
제비 같은 인정과 행운을 아낌없이 나누는 여유

꽃처럼 아름다운 삶
열매같이 베푸는 삶
일편단심 바라기 삶
마음 편히 눈을 감고서 고개를 숙일 수 있는 여유

익을수록 머리 숙이는 겸손
벌 나비같이 주고받는 상생
까치밥을 남겨두는 '감' 조상들의 정과 마음의 여유

'말, 글, 사람'

천상천하 최고의 '사람'은
탐욕 버리고 정의로운 자
사람답게 사람처럼 사람같이
평범하게 양심적으로 사는 보통의 사람이 '최고'

천상천하 최고의 '글'은
보통 쉬운 말로 써놓아
아이 어른 노인 모두가
즐겨 읽고 쉽게 이해하는 친근한 글이 '최고'

천상천하 최고의 '말'은
삶의 일반 생활용어로서
누구나 쉽게 쓸 수 있는
이해하기 쉬워 즐겨 쓰는 아름다운 보통 말이 '최고'

금값 송이

송이송이
금값 송이
소나무에만 찰싹 붙어서 사는 불로초라

사는 곳이
점점 줄어
이제는 경상 강원에만 갇혀 사는 신세

얼굴 생김새는
남자 그것 닮아
정력 강장제로 금의 언니 되어 인기 상승

금 언니 송이송이
중국 일본인들은
한국 송이에 사족을 못 쓰고 미처 찾네

갓은 아담하게 크고
얼굴은 다갈색 흰 살
솔향기에 한번 놀라고 맛에 두 번 놀라

송이송이 우리 송이
금값 상 언니 송이
대한민국 금수강산 특산품 천상천하 제일 맛

인생人生 허망虛妄

인생 또 허망
금수저 흙수저
편 가르지 마
팔자 숙명 내게 하늘이 준 것들

근심 걱정 없는 사람
출세 싫은 사람 있나
세상살이 다 거기가 거기인 것을

잠시 다니러 온 세상
가진 것들 많고 없고
잘나고 못남은 따져서 무엇하나

세상 영원한 것 없고
잘나고 못남 평가 마
세상사 다 지나가는 바람인 것을

사랑이 깊어도 산들바람
외로움 그리움 지독해도
폭풍 지나간 뒤 적막이 꽉 찼네

만남의 기쁨도
이별의 아픔이
아무리 지독해도 눈보라 바람인 걸

버릴 것은 다 버리고
잊을 건 다 잊어야지
내 것도 아닌 것을 붙잡아 무엇해

내 너무 오래 살아서
망구望九 고개 넘으니 다 허무하고 허망한 게 인생 여정이더라

얼떨결에

사랑을 나누기 전의
설렘과 홍분과 전율
전기에 감전된듯한 복잡한 감성과 느낌

사랑 나눔의 폭풍 지난 후
뭔가를 빼앗긴듯한 허전함
뭔가를 잃은 듯 텅 빈듯한 감성과 회한

봄엔 햇살 따라가고
여름엔 땀방울 승부
가을엔 목화꽃 사랑
겨울엔 눈꽃 바라보며 아랫목서 사랑을

봄 햇살 아래 노랑빛
강물을 꽃을 바람을
사물과 생명을 마다 안고 잘 키워낸다

누가 날 불러서도 아니고
간절하게 원해서도 아냐
어쩌다 얼떨결에 온 세상 그게 삶 사랑 인생

봄비의 미소

봄이 오고 있는 길목
촉촉이 내리는 미소
아름다운 봄꽃의 웃음이 입술을 적신다

한 가지 기준으로만 판단하면
누구나 어떤 면에서는 약자다
시선을 바꾸면 약점은 강점과 개성이 될 수 있다

문이 닫히면 또 다른 문이 열리고
시선의 방향을 조금만 바꾼다면
힘의 위치가 바뀌어 '약점'은 '강점'이 되는 '신대륙'

봄비의 온화한 미소는
초목들에겐 힘과 용기
거칠고 메마른 박토에서도 아름다운 꽃을 피울 거다

하루살이

우리 세상만사에는
원인 결과가 있고
모든 것들은 마음먹기에 달려있다

인연이 아닌 것을
억지로 엮으면은
화*가 되어 깊은 상처만 남긴다

구름은 바람 없인 못 가고
물은 높은 곳으론 못 흘러
바람은 높은 벽과 산을 넘진 못한다

아름다운 봄꽃들을
시샘하는 꽃샘추위
선거철 하루살이 오지랖 제 잘 난 맛

이 또한 다 지나가리라
죽을만큼 아픈 번뇌 망상
꿈과 희망 좌절과 절망도 지나가는 것

바람

어디서 불어와도 불어올 바람
그 바람을 막아줄 듬직한 산
거대하면 거대할수록 안전하고 좋을 테니까

가진 것이 많다고
힘자랑해 가면서
강자에겐 약하고
약자에겐 강한
치졸하고 비겁하며 잔인한 인간 냉혈 백정들

아무리 거대한 산불이라도
언젠가는 꺼지고 말 걸
세상사 인생사 모두 다 지나가고 사라질 바람

훨 훨 훨

환난 속에서도
우정은 꽃 피고
얼룩진 세상에도 사랑은 아름다운 연꽃으로

살아도 못 살고
죽어도 못 죽네
인생사 번뇌망상은 이 세상에 태어난 범죄

그립고 미워도
생각을 말아라
생각하면 무얼 할까 지나간 일 '다 지나간다'

젊은 할미꽃도
늙은 할미꽃도
허리 숙여 머리 풀어헤치고 푸른 하늘을 본다

하늘을 나는 민들레 홀씨처럼
가없는 푸른 창공을 훨 훨 훨
머무는 곳이 내 집 사랑을 꽃피울 옥토 명당

전장 포화 속에서도
사랑은 피어나고
방방곡곡 아름다운 금수강산 무궁화는 꽃 핀다

검은 미소

길고도 짧은 우리 인생길
누구나 희비애락은 있고
누구에게나 다 지나가는 여정이다

기쁜 일은 많을수록 좋고
나쁜 일은 적을수록 좋다
누구에게나 기쁠 때 슬플 땐 있다

장난삼아 던진 돌에도
개구리는 맞아서 죽고
재미삼아 던진 말이 평생의 한恨된다

세상살이 잘되면 편안하며 행복하고
세상살이 고달프면 불평 불행하지
인생이란 것이 산다는 것이 다 그렇지

인생 여정 가는 길에는
비단길도 가시밭길도 있지
평탄한 길도 험난한 고갯길도 가야 할 길

기억 저편엔

미운 만큼
아픈 만큼
상처는 오래오래 기억되고

노처 버린
물고기가
더 커 보이고 더 아까운 법

떠나버린
첫사랑이
더 그리운 것은 여린 마음 탓

기억 넘어
저편에는
그대가 살고 그 길 끝은 무엇

팔순 넘어
예까지
내가 얻은 건 뭐고 잃은 건 뭔가

아버지란 이름으로

길고 긴 한평생을
개미랑 일벌처럼
일만 하다가 한평생 다 보내고 돌아갈 순간이네

바람이 부나 눈 비 오나
처자식 먹여 살리느라
세상 눈치 속 아버지란 이름으로 힘들게 살았다

세상엔 온통 어머니만 있고
아버지는 그 어디에 없더라
아들딸 모든 이들이 엄마 고생했다고 칭찬 일색

처 자식새끼 먹이고 입히며
가르치느라 보낸 한평생이
어디 한 곳 마음 붙일 곳조차 찾을 수도 없구나

아들딸 좋아할 것 없네
머리 크면 떠나가는 것
제대로 아비 대접 한번 못 받고 살다 사라져 가네

주린 배를 쥐어 잡고
젖 먹던 힘 다했건만
늙어가며 마누라 자식 푸대접에 눈물만 나고 서럽네

아버지란 이름으로 산 세월이
그 한평생 무상하고 허망하다
남자로 태어난 게 죄더라 모두가 다 허상이더라고

아주 특별한 불청객

그냥 아프기만 하면 된다
일상 쉼을 선물하는 그대
반가워해야 할 아주 특별한 불청객 '여름 감기'인가

일 년 내내 소식 한 번 없다가
불현듯이 불쑥 찾아오는 그대
무례한 듯 반가운 아주 특별한 연인 그댄 '감기'

땅속으로 꺼지는 듯한 정신
아스라이 사라지는 듯한 몸
그래도 살아있는 의식이 영육에 쾌락을 선물한다

미운 듯 귀요미한 그대는
빠른 속도로 달리는 일상
안전과 균형을 잡아주는 깜짝 선물이자 수호천사

소식도 없이 불쑥 찾아왔다가
인사도 없이 훌쩍 떠나가는 임
예의라곤 모르는 감기는 꽤 쓸만한 '명상도반冥想道伴'

이쁜 손님이시여
그대의 천적은
오직 단 하나뿐이신 '감기약' 뿐이니 다시 오지 마시라

귀요미 '밥솥' 천사

'00'가 맛있는 취사를 시작해요
사람은 그 사랑을 먹는 것이고
사랑이란 용서하고 희생하는 무한 봉사랍니다

우리가 살아갈 힘과
입으로 들어가는 것
건강이 직되는 것임을 항상 잊지 않고 유념

밥을 짓는 행복한 시간
밥솥의 곱고 정다운 말
00'가 신통방통하게 대신 밥 짓길 대신해 주네

맛있는 밥 내음이
코를 즐겁게 하고
하얀 김을 연기처럼 토해내며 수증기 배출 시작

시간이 되면은
'00'가 맛난 밥
다 했으니 밥 잘 저어 맛있게 드셔 애교가 철철

고운 목소리 다정한 말씨
현대판 우렁이 각시 같다
세상에서 그 누가 이리 불평 없이 친절봉사 순종해

신토불이 '막걸리'

술을 담아 숙성시킨 후에
막 거르면 '막걸리' 되고
용수를 박아서 잘 걸러내면 맛술 '청주'가 된다

텁텁하고 약간 단맛 도는
깔끔한 하얀 색깔의 막술
마음의 건강과 미용식에 만들기 쉽고 값싼 술

고두밥이 누룩 만난 찰떡궁합
아랫목에 이불 쓰고 견뎌내면
숙성된 걸 막 걸러내면 막술인 막걸리가 된다

젖과 색깔 같아 막걸린 노인의 젖줄
취하되 인사불성일 만큼 취하지 않고
새참에 마시면 요기가 되며 시장기 면해주는 음식

기운 없는 사람 기운을 돕고
안되던 일도 웃으며 이루고
더불어 마시면 응어리가 풀려 화해의 술이 된다

현실에선 막일꾼들의 막술에
삶의 애환 달래 주는 기호품
검은콩 호박 막걸리 종류도 다양하고 칵테일 주류

한류의 물결을 타고
전 세계로 퍼져나가
세계인의 애주가 된 신토불이 재래종 우리 막걸리

석양의 산책길

석양이 황금빛으로 물들면
편안한 옷으로 갈아입고서
여유롭고 느긋하게 산책로를 편안하게 걷는다

바람도 시원해 상쾌한 기분
지상 최대 나만의 힐링 맛
만나는 사람마다 공손하고 미소로 인사 건네고

하루 중 가장 기분 좋은 시간
석양은 황금빛으로 곱게 물들고
길고 긴 그림자가 꼬리를 끄는 저녁이 참 곱다

아름다운 미소가 흘러넘치고
하루를 마무리하는 이 순간
긍정적인 기억 생각과 감정을 행복하게 해 준다

오늘 하루도 수고 많았네요
어려운 상황에서 애쓰셨고
최선을 다한 오늘 하루 따뜻하고 행복하게 마무리...

'고독사'의 유혹

마음 깨끗하게 비우니
바램도 기대도 없고
욕심 버리니 부러울 것도 죄지을 일도 절대로 없구나

가진 것 없으니
두려울 일 일 없고
내 마음 가는 대로 정정당당하고 떳떳하게 살아간다

탐심 다 떼 버리니
남 눈치 볼일 없고
진실한 마음으로 양심 따라 사람답게 사니 그게 행복

힘이 없는 분노는
아무 쓸 곳 없고
혼자 왔다 혼자 가는 인생 매 순간 최선을 다해 살자

홀로 저물어 가는 늦은 황혼
혼자라서 대화 상대 없는 게
너무 큰 고통 '고립'이란 늪에서 빠져나오는 길은 사랑뿐

3. 물길 따라서

아무도 모르게

고독에 밀려서
어둠이 쌓이면
나 홀로 조용히 살다 가리라 아무도 모르게

봄이면 예쁜 꽃이 되고
여름엔 무지개가 되어
가을 단풍 낙엽 붙잡아
겨울 상고대 벌거벗은 나목 하얀 눈꽃 옷 덮자

외로움은 조각조각
그리움 찢어 가며
나 홀로 조용히 떠나리라 세상 아무도 모르게

태어난 것이 죄였고
삶이 범죄였던 생生
남에게 상처만 주고
사랑도 미움도 덧없고 부질없더라 허망하더라

나 왔다 간 자리
흔적 자취 지워
아름다운 이별 웃으면서 떠나리라 아무도 모르게

물길 따라서

초목은 하늘 향해서
위로 높이 더 높이
햇볕 마중 앞다퉈 달려나가고요

아래로 아래 더 아래로
물길 따라 흐르는 물물
가다가 막히면 돌아서 가고
길이 없으면 만들어서 흘러간다

누우면 얼음이 되고
열받으면 수증기로
마음 편안한 보통일 땐 물로 살고

냄새 모양도 없고
흥얼흥얼 노래하며
조잘조잘 속삭이고
물길 따라 흘러 흘러 바다로 간다

목마른 사람에겐 생명수로
가뭄 타는 모엔 단비 되고
온 세상 생물들의 지킴이 수호천사

때론 물난리 홍수로
때론 폭설로 부수고
게으른 사람들 혼내며
사람들 정신 경계 교육 교관도 한다

애호박

못생긴 여자라고
등 짝에 이름표
노오란 호박꽃 지고 예쁜 애호박 한 개 맺었다

기름이 좔 좔좔 흐르는
돌담 위 앉아 뽐내는
애호박 따다가 곱게 쓸어 넣어 끓인 칼국수

천상천하 최고의 진미
모락모락 김 오르고
게눈 감추듯이 퍼붓던 울 엄니 애호박 칼국수

생각만 해도 침 꿀꺽
식당엘 가 먹어봐도
울 엄니 손맛은 어디서도 볼 수 없어 그립다

울 엄니 만든 음식들에는
진한 사랑과 정성 있지
울 엄니 하늘나라 가신 뒤에는 생각뿐이지...

삶도 인생에도
희생과 정성
그리고 사랑이 맛과 멋 재미를 좌우함을 배운다

엇간 사랑

외간 남자 품에 안겨
다리 쫙 벌린 여자가
화를 내가면서 잘했다 소리치는 묘한 그 모습

구름인 양 떠 보내줘
물처럼 흘려보내 줘
깨어진 바가진 다시 고쳐 쓸 수가 없잖아요

혼자 타는 가슴
못 끄는 불길은
어렵게 꺼봐도 타다 남은 희나리 조각들뿐이네

'남의 속도 모르고'
마지막 남기고 간
그 한마디가 사랑했다는 걸 너무 늦게 알았다

이제 서야 돌아보니
물도 내 안 같아야만
달도 없는 어두운 밤길 눈물 없이 울어 나 보지

무언의 언어

눈빛만 봐도 알고
눈빛만 봐도 통해
사랑하는 사람 눈빛만 봐도 통하는 무언의 언어

낯빛뿐이 아니고
눈빛은 심중 언어
사람의 마음을 살필 수 있는 천 마디 말보다 좋다

까치밥이 남은 감나무
햇살이 내리는 툇마루
사랑하는 마음 갓 피어난 나팔꽃 같은 무언의 언어

말은 비밀을 지킬 수 없고
시비의 원인이 되기도 해
눈빛과 낯빛은 이심전심 마음으로 주고받는 무언 언어

의좋은 수국 삼 남매

한 부모 밑에서
얼굴 색깔 다른
하양 쪽빛 붉은 얼굴 색깔 수국 삼 남매

신맛 토양 집에는
이쁜 첫째 누나
푸짐한 붉은 색깔 복스러운 맏며느리 감

알칼리성 토양 집
큰형은 쪽빛 색깔
세상에서 가장 힘세고 너른 바다 닮았고

중성 토양 집사는
꼬맹이 막내 흰색
서양 미인을 빼닮은 양귀비 같은 미인상

가까이 이웃해 정다운 삶을
모두가 부러워하는 삼 남매
각자가 '아름답다' 칭찬해 주는 고운 맘씨

곱게 낳아주시고
길러주신 부모님
부모님께 감사하는 미쁜 마음 본받을 효심

독버섯은 곱다

아름다운 여자의 유혹
악마의 진한 눈웃음은
당신을 죄악의 길로 이끄는 미끼다

증오와 저주는
보복의 악순환을 낳고
용서는 슬픔과 고통을 극복하는 용기

분노와 복수를
용서와 화해로
용서는 승자가 패자에게 베푸는 특권

더 오르지 않으면
어떻게 얻나 빵을
어둔 밤을 수놓는 반딧불이나 유성처럼

비워야만 채울 수 있고
버려야만 얻을 수 있다
떠난 임은 잊어야 그리움의 추억이 된다

지나간 날들의
아린 추억 속
수모도 당하면 당할수록 단련이 되더라

빛 좋은 개살구

꿈이 너무 많아서
꿈이 하나도 없고
사랑이 너무 아름다워도 추하다

마음이 부자라서
주머니가 비었고
그래도 가장 즐겁고 행복한 사람

머리는 텅텅 비었어도
다재다능 박식한 사람
자격증은 없어도 유명한 변호사

가진 건 없어도
천하 대 갑부
맹물 마시고 이를 쑤시는 사람

가진 것도 많고
힘이 있는 사람
행복한 것 같지만 빛 좋은 개살구

사랑에 배신당하고
인생 실패한 사람
평생 쌓은 공덕 한순간에 날린 사람

한잔 술Suul

산다는 게 다 그런 게지 뭐
바람에 흔들리는 촛불처럼
휘둘리며 살 수만은 없지 않은가 불알친구야

사랑하는 임보다도 더
친구가 좋은 나이니
오늘 만나 한껏 취해나 보세 사랑하는 동무야

이 풍진세상 살려면
미움과 원망의 앙금도
생채기로 남 거던 한 잔술에 타서 마셔버려라

실패와 배신의 상처는
희망이란 약을 바르고
그냥 우리 목로주점에서 탁배기나 한잔 퍼붓세

겨우 잠든 기억 깨울까 봐서
소리도 조심조심 작게 작게
겹겹이 쌓인 외로움 꼭 껴안고 살아가는 독거노인

등대燈臺

너는 내가 아니고
나는 네가 아니니
내 마음도 잘 모르는데 널 어이 알랴

날들이 가고
해 달 가니
등댓불 깜빡이듯이 내 정신도 깜빡깜빡

하늘이 시기하고
땅이 질투하여
우리 이렇게 헤어지지만 잊지는 말자

눈비 내리고
바람 부는 날에도
언제나 뱃길 인도하는 등대는 말이 없다

세월이 흘러간
머언 훗날에
언제 어디서 무엇이 되어 다시 만날까

맘은 언제나 청춘

모든 꿈과 희망의 바람
모든 욕심 다 내려놓고
버리고 잊고 비워 편안하게 살 나이

가진 것 하나 없는 빈털터리
두려울 것도 겁날 일 더 없는
나누고 베푸는 겸손한 삶 뉘라서 마다 해

한여름 열심히 살아서 맺은
결실들 다 아낌없이 내주고
땅을 요 하늘을 이불 삼아 누운 나신 평안타

뜨겁고 맛난 사랑도 해봤고
이별의 아픔도 원 것 먹었다
구름 따라 바람 따라 물처럼 흘러온 황혼

저녁놀 즐기는 이 나이에
실연의 아픔 남았으랴만
그래도 추억의 그리움 몸 늙어도 맘은 청춘

사람들 누구나 모두 다들
외롭고 쓸쓸하지 않은 척
괜찮은 척 건강한 척 힘들지 않은 척 산다

다 내보일 순 없지만
자신만의 상처와 아픔
살삶의 무게를 이고 지고 안고 살아들 갑니다

가보지도 않고 아는 척
알지도 못하며 아는 척
겪어보고 모퉁이 돌아가 봐야 아는 게 인생길

장맛비가 쏟아진다고 해도
바람 불고 물에 휩쓸려가도
사는 동안 꼭 잡아야 할 것은 양심과 믿음 진실

발자취

유머는 있으나
웃을 수 없고
순간은 사라져도 잔상은 오래오래 맘에 남는다

쓸모없음을 쓸모로
별것 아닌 걸 별거로
상스러움을 상도常道로
더럽고 추함을 순수로 마술 같은 일상 속에

영혼은 하늘로
육신은 땅으로
공과功過는 영원한 발자취를 훈장처럼 콱 남긴다

아름다운 이별

개도 안 먹는 돈 돈
귀신도 싫어하는 정情
재물 명예 권력 여자 술 악마의 기호품

외로워서 하얀 달을 보면
눈 마주쳐 반갑다 미소요
마음 몽땅 다 내어줄 것 같은 함박웃음

세상살이 고달프고
쓸쓸하고 외로워도
한잔 술 동무 되어 줄 사람 그게 행복

어느새 잎 틔우는 능수버들
아른대는 산수유 노란 망울
이 찬란한 새봄에 난 무엇을 사랑해야지

어둠이 악마처럼 밀려가면
금빛 찬란한 아침이 오고
나는 또 망각의 추억 속 '너덜겅'을 간다

* 너덜겅: 돌이 많이 흩어져 있는 비탈

가장 찬란한 날

인생에서 가장 찬란한 날은
먼 훗날에 있는 게 아니라
사랑이 있는 지금 오늘이 바로 그날이다

내게 가장 소중한 사람은
있는 듯 없는 듯 그림자 사람
호박꽃 당신 꿀벌을 품어주는 당신뿐입니다

당신은 아름다운 호박꽃
장미보다 연꽃보다도 더
한번 취하면 중독성이 잇는 내 양귀비랍니다

욕정은 죄를 낳고
죄는 결국에는
절대로 되돌릴 수 없는 죽음을 부르게 됩니다

내게 가장 찬란한 날은
바로 오늘 바로 지금
나에게 가장 소중한 사람은 '호박꽃' 당신뿐입니다

지옥불 부나비

고독은 외로움
그리움은 사랑
삭막하고 메마른 노년의 삶을 맘대로 지배한다

원초적인 본능은
이성을 마비시켜
다신 깨우칠 수 없는 무 감성의 후유증을 남긴다

냉철하고 이지적인 이성
모든 기능을 다 잃었고
불타오르는 욕망 따라 짐승들처럼 날뛰었다

안되는 줄 알면서도
죽을 줄을 알면서도
참지 못하고 날아드는 지옥 불의 슬픈 부나비

불타는 욕망을 주체 못 해
제 몸 다 태워도 달리는
끝을 보고서야 멈출 수 있는 욕망의 질주 본능

자유여행

'구름에 달 가듯이'
자유로운 나그네
그 길 여행에도 정답은 절대로 존재 무無

어느 곳을
어떻게 가든
마음 편히 훌쩍 떠나면 그게 즐거운 여행

바람을 쐬려고
훌쩍 떠나는
무목적 당일치기는 훌륭한 마실 여행이다

삶의 일회성을
진하게 체감하는
시간과 장소 체험은 자유여행의 축복이며

누구에게나 여행은
쉼의 여정 이자
인생을 공부하는 훌륭한 학습의 장이 된다

여행이 신선한 건
시작과 끝 뒤에는
항상 돌아가야만 할 일상이 기다리기 때문

여행은 다른 삶을 보며
자신을 재발견하는 여정
충만해져 돌아오기 위해 떠나는 것이 여행의 묘미다

술Suul

기뻐서 한잔
슬퍼서 한잔
너만이 날 위로해 주는 동무로구나

외로워서 한잔
쓸쓸해서 한잔
그리울 때 마시고 잊으려고 마신다

기억하고 파 한잔
잊고 싶어서 한잔
이래저래 핑계 대가며 취하고 만다

허전할 때 한잔
망각하려 한잔
화를 풀어주고 애잔한 감성 부르며 한잔

멋져 보이려고 한잔
취해서 망가져 달라
술이 동무요 유일한 친구되는 영원한 짝 패

내가 이기나
네가 이기나
힘겨루기 한판에 이기면 왕 지면 패장 되지

교제로 핑계 한잔
화火 삭인다고 한잔
이래저래 이 핑계 저 핑계로 헤롱헤롱 하루가 간다

잡초 풀꽃

아름다워서 더 슬픈
이름 모를 잡초 풀꽃
키다리 잡초에 숨어 숨죽인 채 살아간다

자신의 상처를 치유하는
소중한 약초를 기르듯이
야생이 가르쳐 주는 인생의 지혜를 전하고

화재와 전쟁 폭격에
초토화된 땅 개척중
분홍바늘꽃처럼 박토를 개척하며 살고 있네

얻어 입는 옷

너무 큰 육신의 고통
큰 손발을 숨기려고
얼굴도 작게 보이려 애쓰는 남들은 모르는 모태 고통

체격이 큰 사람을 위하여
마지못해 대충 만드는
가장 볼품도 없고
가장 보편적이고
가장 촌스럽고
가장 개성 없는 색상들과
가장 밋밋한 디자인과
값싼 기성복도 감지덕지해야 하는 고역을 감내하는 맘

물려받거나 얻어 입는 남의 옷
새 옷보다 질감이 더 부드럽고
옷에서 느끼는 다정한 친밀감이 느껴짐은 참 고마운 일

걸레는 걸레일 뿐

속이 허할 때는
얼큰 라면 국물
탁배기 한 잔이 제격 그게 사는 거지

피붙이가 사기 치고
뺑까고 감언이설로
세상이 거꾸로 퇴보하는 사악한 속세

그게 인생이란 게지
재물에 명예 출세에
눈먼 짐승들이 활보하는 속세에서 산다

그게 걸레들의 사는 법
그게 걸레들의 사악함
쓰레기는 쓰레기일 뿐 걸레는 빨아도 걸레다

눈먼 악인들 에겐
선을 기대 말라
피도 눈물도 없는 걸레들에 겐 내일은 없다

불잉걸

혼자서 가는 길은 타박타박
외로움 때문에 그리움 있고
시간도 세월도 멈춤 없이 저 혼자 마이웨이

둘이서 손잡고 가는 길은
코 간지럽히는 깨소금 맛
건강하고 즐겁고 행복이 살아 있는 비단 꽃길

여럿이 가는 길은
시끌벅적 대로행
아름다운 우정과 따스한 나눔이 있는 천사길

맘씨 고운 천사 가는 길은
아름답고 예쁜 꽃 비단길
악한 악마가 가는 길은 너덜겅 자드락 불잉걸뿐

착하게 공덕을 쌓은 사람
악하게 악덕을 쌓은 탕자
하나는 천국으로 하나는 지옥으로 제 갈 길로 간다

* 불잉걸: 불이 이글이글하게 핀 숯덩이

그리움 저편에는

그리움 저편에는
배신의 상처로
미움과 원망과 저주의 눈물 강이 오늘도 범람하고

외로움 저편에는
억지로 엮어 놓은
인연의 후회와 어리석음과 허망이 자리한 폐허

내 방식대로 사랑한
잘못이 삼켜버린 삶
내 인생과 꿈과 희망 파괴된 사랑과 미움이 있다

누구를 원망하고
누구를 탓하랴
내가 선택하고 내가 만든 인생 작품인 것을...

자신도 사랑하지 못하면서
누굴 사랑하고 원망할까나
자신이 선택하고 만들어 가는 종합예술품이 인생인데

그리움 저편에는
미움과 원망이
외로움 저편엔 고독과 회한이 똬리 틀고 앉아 있는 것을

그리움 외로움 저편에는
슬픈 고독의 눈물 흐르고
죽음보다도 더한 망각이란 괴물이 시시탐탐 노리고 있다

아픈 그리움

고랑 치며 가제 잡던 산골짜기
빈 도시락에 산딸기 따던 언덕
푸른 초원 소꼴 먹이던 산마루

지금은 흔적 없고 간 곳 없어
키 높은 아파트 버텨 서있고
낯모를 얼굴들만 오고 가는 낯선 거리
끈끈하게 얽혔던 인과 연은 찾을 길 없다

아침이슬 바지 적셔 걷던 논밭두렁
오늘은 콘크리트 신작로가 달린다
진달래 먹고 물장구치던 영이 순희 어디서 노나

사랑 어부바

어둠이 안개 되어 깔리는 시간이 되면
당신의 심장 박동을 나만 느끼고 싶어
남세스럽 넘어 고요 속 큰 울림 사랑의 노래

장사익의 '꽃구경' 가슴 저린 어부바
아이에게 가까이 다가가고 싶을 때나
칭얼 때면 어르고 달래며 엉덩춤추고
엄마와 아이의 유대를 잇는 끈은 포대기다

혼자보다는 둘이 당신의 발이 되어
힘들 땐 같이 가고 체온을 함께 나누자
같은 방향을 함께 바라잔 말로 어부바 하자

업는 사람의 따뜻한 마음이 아름답고
업히는 사람의 고마움과 행복이 넘쳐
동시에 가없이 묻어나는 나만의 사랑 어부바

사랑 어부바를 한다는 건 '너 좋고 나 좋고'의
정서가 녹아 독특한 상호작용을 일으키는 순간
따뜻한 등을 통해 마음을 소통하는 행복한 어부바

내 마음

나 표현 못해도
나 고백 못해도
나 알지 못해도
나 닿지 않아도

사랑이 얼마나 아름다운지
삶이 얼마나 괴롭고 아픈지
베풂이 얼마나 기쁜 것인지
나눔이 얼마나 행복한지를
죽음이 얼마나 축복인지를

나 기뻐 표현하리라
나 기뻐 고백하리라
나 기뻐 알아 가리라
나 기뻐 닮아 가리라

꼬부랑 국수

동그란 얼굴에다
꼬들꼬들 곱슬머리
우유피부 오동통 몸매

물에도 빠져보고
기름에 튀겨지고
불 샤워 마치니
맛 지고 맛있는 너 하늘 아래 별미로다

이름 없는 꽃들도
홀로 피고 지고요
바쁜 꿀벌들은
외로울 짬이 없다

세상 눈치코치 안 보고
사람 눈치 관여 않고서
마음 가는 대로 따라 산다

몸 따로 마음 따로

스스로 옷을 벗는 여자
사랑하는 연인 아니면
몸을 파는 직업 창녀의 슬픈 몸짓

스스로 옷을 벗으면 사랑
강제로 옷 벗기면 성폭행
죽고 못 산다고 보채대면 섹스 중독
어정쩡 옷 벗고 입는 남자는 난봉꾼

정말 정말로 행복을 원하면
언제나 미움받을 용기 있는 사람
그 정신 그 마음 붙잡고 바로 가는 사랑

벌과 나비를 유혹하여 망쳐놓고
몸 따로 마음 따로 제각기 놀면
매혹적인 아름다운 꽃은 창녀고
유혹에 빠져 허우적대는 남잔 부나비

빵빵 빵

부르지 않아도 달려오는 바람이
무더위 해충과 짜증은 덤 이래
푸른 달빛이 사정없이 쏟아지니
온 누리에 가득 찬 향내는 선물

밤 야경에 하얗게 지친 야경꾼
새벽하늘가엔 지친 별 졸고 있고
눈꺼풀 무거워 눈 감기는 가로등
새벽안개 이슬 되어 굴러 가누나

풀숲 이슬 찬 논밭두렁 시골길
바지자락 젖어 늘어져 매달려
발걸음 늦어져 마음만 바쁜데
빵빵 정답게 빈자리 버스 온다

엄마 내음

알 수 없는 머릿결 내음
묘하게 향긋한 살결 내음
시원한 바람과 물의 내음

고소한 깨소금 첫사랑 내음
따뜻하고 포근한 엄마 내음
봄여름 가을 겨울 계절 내음

생존경쟁의 비릿한 세상 땀 내음
인정과 자비 겸손의 그윽한 내음
믿음과 소망 사랑의 고귀한 내음

아프게 태어남의 큰 고통 내음
지지고 볶는 삶들의 고뇌 내음
죽음의 아픔과 슬픈 눈물 내음

오곡백과 맛있는 달콤한 내음
진수성찬 음식들 향긋한 내음
시린 이별주의 미지근한 내음

있는 듯 없는 듯이

장난삼아 던진 돌에
개구리는 맞아죽고

농담 삼아 던진 말에
누군가 인생은 쓰러진다

재미 삼아 꺾은 손에
아름다운 고운 꽃은
말 못 하고 시들어 죽지

있는 듯 없는 듯
욕심 내려 자신이 귀하듯
남의 인생도 귀함을 알자

욕심은 악을 부르고
악은 죄와 죽음을 부른다

자비와 배려 사랑으로
공덕과 선업 무소유가 행복이라

그림자 사랑

아름다운 당신의 '미소'
부드러운 당신의 '몸짓'
즐겁고 행복한 당신의 고운 '목소리'

별과 짝 패인 '반딧불이'
사랑한다' 말은 없어도
눈길 따라서 이심전심이
수천 마디 말보다도 묵언의 사랑

당신과 나는
원앙이 한 쌍
영원히 같이 갈 그림자 사랑꾼들

우린 우렁이 부부
우린 사마귀 사랑
연어의 고향 사랑
영원한 어부바 볏대 메뚜기 사랑

빛이 있어야만
그림자도 있고
한민족의 나라꽃 무궁화 꽃이라오

죽어야만 사는 초목
밀알들처럼 영원한
씨앗은 죽어야 살고
한번 가면 다신 못 오는 인간의 숙명

맛과 멋

더 이상은 고쳐 쓸 수도 없는
바람난 여편네와 고장 난 물건
버릴 수밖에 없는 숱한 물건 물건들

자신에겐 한도 없이
관대하고 양보하면서
남에겐 무섭도록 냉혹한 인간 백정들

자신 입맛에 맞으면 맛집과
소문난 맛집과 영국 신사 멋
남이라면 무조건 깎아내려야 직성 풀리지

머리엔 짜릿한 전기가 흐르고
소름 끼치도록 끼와 멋과 맛
꿀맛과 소태맛 맛있는 섹스와 구정물 사랑